ROSANA RIOS

a viola enluarada
de Zequinha Piriri
e outras histórias inacreditáveis

DIÁLOGO

ilustrações
Ricardo Azevedo

editora scipione

Gerência editorial
Sâmia Rios

Assistência editorial
Dulce Seabra

Preparação
Maysa Monção Gabrielli

Revisão
Dráusio de Paula, Cesar G. Sacramento, Fernanda Bottalho e Thiago Barbalho

Diagramação
Fabio Cavalcante

Programação visual de capa e miolo
Rex Design

editora scipione

Av. Otaviano Alves de Lima, 4400
6.º andar e andar intermediário Ala B
Freguesia do Ó
CEP 02909-900 – São Paulo – SP

DIVULGAÇÃO
Tel.: 0800-161700

CAIXA POSTAL 007

VENDAS
Tel.: (0XX11) 3990-1788

www.scipione.com.br
e-mail: scipione@scipione.com.br

2012

ISBN 978-85-262-8343-5 – AL
ISBN 978-85-262-8344-2 – PR

Cód. do livro CL: 737972

3.ª EDIÇÃO
2.ª impressão

Impressão e acabamento
Gráfica Ave Maria

Conforme a nova ortografia da língua portuguesa.

Dados Internacionais de Catalogação na Publicação (CIP)
(Câmara Brasileira do Livro, SP, Brasil)

Rios, Rosana

A viola enluarada de Zequinha Piriri e outras histórias inacreditáveis / Rosana Rios. – São Paulo: Scipione, 1997. (Série Diálogo)

1. Literatura infantojuvenil I. Título. II. Série.

97-1466 CDD-028.5

Índices para catálogo sistemático:
1. Literatura infantojuvenil 028.5
2. Literatura juvenil 028.5

*Ao meu avô Toninho e minha avó Noêmia (*in memoriam*), por todas as histórias interioranas que eles me contaram.*

SUMÁRIO

PARTE I

O estranho mas verdadeiro *causo* da viola enluarada de Zequinha Piriri

Fazia já um tempão que o menino olhava curioso pra violinha pendurada num prego da parede. O velho levantou-se do canto onde picava fumo e percebeu o olhar.

– Gosta de viola, moleque?

Meio sem jeito, o menino riscou o chão de terra batida com o pé descalço. Mas não descravou os olhos da viola.

– É bonita... Nhô sabe tocar?

– Mal e mal – resmungou o velho. – Ande, pare de esgravatar o chão. Pode pegar nela.

Era lisinha, brilhante. O menino passou as mãos na madeira polida e sentiu a vibração das toeiras.

– É difícil de tocar?

– Depende do tocador. Tem gente que demora um ano pra tirar um mi. Tem outros... Já ouviu contar o causo *do Zequinha Piriri?*

– Não...

– Então se abanque pra ouvir. Faz tempo, faz um bocado de tempo que não conto esse causo *por aqui...*

1

Do nascimento e crescimento do dito-cujo

A mãe já tinha desmamado a criança, quando o pai foi *té* a cidade registrar. Todo orgulhoso do filho, botou o nome mais comprido que conseguiu falar pro escrivão do cartório de Deusmelivre.

– José Barbosinha dos Anjos Austregésilo Antônio. Eta nomão!

Nome de gente importante, era o que parecia. Mas qual!

O menino não cresceu como mandava o nome. Pegou tudo que é doença que criança tem – mas pegou dobrado. Catapora, sarampo, tosse comprida, não escapou de nada e *inda* tinha facilidade de resfriar com qualquer ventinho. Antes de ir pra escola já tinha a fama de carregar *urucubaca*.

Mas de vez em quando o povo se engana. Zequinha vingou e cresceu, aprendeu a trabalhar no sítio do pai e tudo. Só não conseguia era se livrar do azar.

Lá em Deusmelivre todo mundo tinha apelido. E Zequinha não ia escapar de ganhar um. Foi depois que o pai e a mãe morreram, e que o rapaz começou a cuidar da roça sozinho, que as moitas de *piriri* deram de invadir o milharal. Zequinha não dava conta de *carpir* o mato, mesmo com um ou outro ajudando. *Cabou* desistindo do esforço e procurando trabalho na cidade. Deixou a casa e as galinhas no cuidado de Nhá Maruca, velha tia, e tocou pra Deusmelivre, *mor de* arrumar serviço enquanto não se animava a pegar no roçado.

Serviço sempre arrumou. Pena que o capim e o piriri aproveitaram a falta de enxada e se enfiaram roça adentro, acabando com todo o *amanho* de terra.

O rapaz não demorou pra ser conhecido como Zequinha do Sítio do Piriri ou Zequinha Piriri.

2

De aprendiz de peão a ajudante de venda

Zequinha Piriri não era *perna-mole,* tinha o corpo *alentado* e dava duro.

Foi carregador de saca de café, aprendiz de *carapina,* ajudante de *boieiro.* Mas saca que *aboletava* no ombro rasgava, tábua que tomasse pra *aparelhar* soltava farpas doídas, boi que tivesse de guardar escapava. Eh, *urucubaca!*

Mesmo *ansim* não desistia de um dia dar o troco pro azar. Tentou ser peão na maior fazenda da cidade, a Fazenda das Oitavas, propriedade do famoso Coronel Oitão.

– Peão bom aqui tem futuro! – dizia o coronel, dono de oito fazendas e oito mil cabeças de gado, além de oito filhas bonitas com a falecida mulher.

Zequinha se animou com o emprego.

– Agora vou me dar bem! – afirmou pra Nhá Maruca, antes de pôr o *pé na estrada,* rumo das Oitavas.

Podia ter se acertado ali, não fosse o acaso de se encontrar logo no primeiro dia com Sinhazinha Oitolina, a mais nova das filhas do coronel. Aconteceu que a menina era tão formosa que *embeiçou* completamente o pobre. E pra um peão mal começado nas artes de vaqueiro, não tem coisa pior que *embeiçamento...*

Pra mal dos pecados, Oitolina simpatizou mais que devia com aquele moço espigado, todo atrapalhado no serviço do curral. E essas coisas não se escondem, que olho de sinhazinha mostra por fora o que lhe vai por dentro...

Coronel Oitão *se enfezou.* Era sua última filha solteira, e não ia se engraçar com o primeiro *sarambé* que aparecesse.

Chamou o capataz e desabafou:

– Era o que faltava, ter peão *desavisado* a me cobiçar a menina! Pague o safado e bote daqui pra fora, Pedro Capanga. Filha minha não se *embeiça* com um *mumbava* qualquer!

Pedro Capanga, que fazia algum tempo anelava de olho em Sinhazinha Oitolina, riu de uma orelha a outra.

– Sim senhor, Seu Coronel.

E lá se foi Zequinha Piriri embora da Fazenda das Oitavas, mais uma tristeza nas costas. Não voltou a se enfiar no sítio, como pedia Nhá Maruca: arrumou emprego na venda de Seu Totonho, na praça da Matriz de Deusmelivre, só pra ver Oitolina todo domingo indo à missa, rodeada de pai, primas e agregados.

Foi um tempo feliz, apesar das broncas de Seu Totonho – sempre querendo despedir Zequinha, *mor* das trapalhadas que fazia na venda. Muita vez, Oitolina mais alguma prima feiosa passeavam na cidade comprando chita e algodão. E a menina sempre dava um jeitinho de se encontrar com o rapaz e trocar conversa.

– Tarde, Sinhazinha.

– Tarde, Seu Zequinha...

– Dia bonito, não lhe parece?

– É... Mas vai chover.

– Sinhazinha trouxe sombrinha?

– Trouxe não.

A prima, vergonhosa que só ela, torcia a barra da saia.

– *Carece* de ir, Oitolina. Pedro Capanga logo se bota a *campear* Sinhazinha...

As duas seguiam de volta às Oitavas, e Zequinha continuava seu serviço – vendo o rosto moreno de Oitolina em cada garrafa de *jeribita* que Totonho mandava buscar.

3

Do finado tio e da viagem pra Seilaonde

Pouco depois das águas, quando a estrada era um barreiro só e Deusmelivre andava vazio de gente de fora, apareceu um *cabra* aparentado com Seu Totonho, vindo da freguesia de Seilaonde.

Entre um *de-comer* e outro, no prosear com o parente, Totonho de repente mandou Zequinha se chegar.

– Chamou, Seu Totonho?

– Olhe que o Mané aqui tem notícia pra *ocê,* moço. Pois não era seu tio o falecido Aparício dos Anjos, lá de Seilaonde?

Zequinha arregalou olho.

– Morreu tio Aparício?! Ara, que Nhá Maruca vai ficar apalermada... Era irmão de meu pai e meu padrinho.

– Morreu *inda* anteontem, coitado – *firmou* Mané. – Nem fiquei pro *guardamento* do defunto, que já *tava garrando caminho* pra cá. Nhá Cilota me falou dum sobrinho dele que *carecia* de avisar.

– Deixou *famia,* o finado? – quis saber Totonho.

– Parece que não. Só a velha Cilota, que cuidava dele. Se fosse *ocê,* Seu Zequinha, tomava o rumo de Seilaonde antes que qualquer *estrupício* tome conta do que é seu. Aparício dos Anjos deve de ter deixado herança pro descendente...

Zequinha *rezingou:*

– Mas tem o serviço, a venda...

Totonho *tava* interessado na história.

– Vá com Deus, Zequinha Piriri. *Ocê* não faz tanta falta, que eu não me vire com qualquer moleque. Resolva lá sua herança e depois volte pra contar!

Despachado dessa forma, não demorou, e José Barbosinha dos Anjos Austregésilo Antônio se aprontava e seguia pros lados de Seilaonde, terrinha encravada na serra e que não via desde *piá.*

Chegar lá não foi difícil. Um pouco de trem, outro tanto *aboletado* num carro de boi, a maior parte *comendo chão,* logo Zequinha avistava a torre da velha igreja apontando, branca, no meio das bananeiras. Sentiu um aperto no peito. Quantas vezes tinha vindo ali, no lombo do cavalo do pai, tomar a bênção do tio! Seilaonde era a mesma de sempre, uma rua de terra avançando rente à mata e pencas de casinhas *marronzadas* pelo barro semeadas entre os cachos de banana.

Vergonhado de se informar com estranhos, foi seguindo a indicação da memória, tentando ser outra vez moleque, ansioso pelos doces da cozinha do padrinho. E a memória não negou fogo: passada a curva depois da igreja, tinha a estrada que dava na Fazenda Grande, e saindo do bambuzal, a trilha rumando pra casa do tio, meio escondida numa roda de pedras.

Mal teve tempo de chamar alguém. De uma das janelas do casarão veio a voz de mando, acompanhada do brilho de um cano de fuzil:

– *Vade retro!* Aqui não tem lugar pra nenhum *perna-mole!*

Zequinha quase deu meia-volta e correu. Depois lembrou-se que Nhá Cilota tinha fama de espantar qualquer jagunço que se metesse pr'aquelas bandas. Reuniu coragem e falou:

– Sou eu, Nhá Cilota, o Zequinha, de Deusmelivre...

A velha espiou do canto da janela, a ver se era verdade mesmo. Não pareceu muito satisfeita, mas abaixou o fuzil. Depois afastou a cortina de chita e ficou uns dez minutos a olhar pro rapaz, sem pressa. Zequinha tirou o chapéu e puxou prosa.

– Eu queria ter vindo pro enterro, mas só ontem fiquei sabendo. Gostava muito do padrinho, Nhá Cilota sabe...

– Hum!

– Queria saber do tio Aparício, que alguém me contasse como foi... Como foi que ele...

Parou de falar, vendo que a mulher já não aparecia na janela. Ficou ali sozinho mais uns dez minutos, matutando se devia voltar. "Vai que ela anda enfezada com a vida e *arresolve* meter chumbo na primeira alma que passar..."

Afinal ouviu a porta ranger e viu sair Nhá Cilota, bem menor e mais mirrada do que ele se lembrava. Também, fazia tanto tempo!

– Largue de cismar e entre logo, moço. *Tou* com feijão no *poiá*.

Zequinha entrou. Sentiu o cheiro conhecido da casa do padrinho, fresco na memória como se tivesse outra vez 11 anos. Parou na cozinha, onde Nhá Cilota remexia uma panelona de feijão *quentando* num fogão feito de pedras já pretejadas pelos anos.

– O moço não faça luxo não; se abanque aí que já lhe vou contar a sina do Aparício...

4

Da herança e do encantamento

Três dias ficou Zequinha Piriri na casa do finado padrinho, escutando os *causos* que Nhá Cilota contava, da vida e morte do tio. Ao final, cansado de tanto *causo* e apertando a saudade de Oitolina, atiçou a velha a falar da herança.

Nhá Cilota, acocorada perto do fogo na lida de encher o pito, foi logo contando:

– *Teve* aqui o seu juiz, muito amigo do Aparício, mostrando um tal papel escrito qu'ele deixou. Não sei nada das escrituras, mas sei que a casa me pertence *té* que vá desta pra melhor. Depois, deve ficar pro moço, que é parente dele de sangue.

Zequinha não se animou muito, pensando que a casa do tio não valia lá grande coisa. Nhá Cilota continuava:

– Tem também as galinhas e a mandioca plantada. Fica tudo

junto co'a casa. Só a viola é que o moço pode levar agora...

E foi remexer na sala fria, de onde trouxe uma viola empoeirada, dez *toeiras* brilhando com o fogo avermelhado do *poiá*.

– Só tocava essa aí, que é encantada. E antes de morrer ele sempre dizia: "Cilota, quando eu me for, não se esqueça de que a viola enluarada será de meu sobrinho, filho do Aldrovando..."

Foi *ansim* que de manhã bem cedo, depois de tomar um café com leite e bolinhos de fubá, Zequinha Piriri saiu de Seilaonde, levando nas costas a viola do tio – e na cabeça uma história que Nhá Cilota repetiu *té* cansar:

> *"Seu Quim das Almas, violeiro famoso no lugar, foi quem trouxe da capital a dita-cuja. Contavam que ele tratava a viola, trocava* toeira *e fazia alguma coisa* estúrdia *que deixava ela tocando sozinha! Quando soube que ia morrer, sabe lá porque artes do Demo, trouxe de presente pra Aparício dos Anjos –, daí que todo o mundo conheceu o segredo. A viola era enluarada, tinha sido banhada na luz da Lua Cheia numa noite de sexta-feira. Seu Quim havia tocado com ela sete noites seguidas, cada noite num acorde – desde o dó* té *o si: desse jeito completou o encantamento. Agora, quem quisesse ser violeiro dos bons, era só fazer o mesmo, que a viola fazia o resto..."*

Zequinha matutou naquela história todo o caminho de volta pra Deusmelivre. De começo, tinha medo *té* de encostar na viola. Depois pensou no juramento de Nhá Cilota, de que o encantamento não era acerto com o Capeta.

– Foi encanto de Lua, *pra mor de* que Seu Quim era homem bom de coração. Tenha medo não, que a coisa não é *malina.*

Quando botou o pé em casa, *tava* decidido a esperar a primeira Lua Cheia e tornar a enluarar a viola.

5

Do enluaramento de viola e violeiro

Ninguém ficou sabendo, só Nhá Maruca desconfiou de alguma arte, por ver o rapaz largar a venda e ir se enfiar no sítio sem mais nem menos. A tia não disse nada, que desde a viagem pra Seilaonde Zequinha andava enrustido, sem abrir a boca.

Naquela noite o moço saiu de casa *ansim* que ouviu a tia roncar. Faltava tempo pra meia-noite, mas ele *inda* tinha de achar uma clareira e criar coragem pro *cometimento...*

"Que Nossa Senhora me ajude!", pensava ele, na esperança de afastar qualquer coisa ruim. "Sexta-feira, a essas horas, o *Dianho tá* solto por aí..."

Sozinho numa falha do mato, no meio das pedras e com a Lua *em riba,* soube que era meia-noite sem precisar de relógio. Abafou o medo de vez: sua sina tinha de mudar! O enluaramento veio vindo, tomou conta dele, tomou conta da viola.

E na volta pra casa escura, Zequinha Piriri não tremeu como na ida – ficou lá sentado na varanda, criando calo no dedo, na lida de tirar acorde do jeito que um freguês da venda tinha ensinado. Só que agora era muito mais fácil: cada dedo corria liso feito quiabo, e a dor de apertar corda nem judiava tanto...

Sete noites ele seguiu pra clareira, vendo a Lua minguar, tirando as modas que conhecia, em dó, em ré, em mi... *Té* chegar no si. Só então, bom conhecedor do instrumento, desenrustiu e apareceu na cidade. Nem parecia o mesmo. Não era mais Zequinha Piriri, o cabra mais azarado do mundo. Era José Barbosinha dos Anjos Austregésilo Antônio – Violeiro Enluarado!

6

Da fama e da festança nas Oitavas

Daí pra frente, não teve festa em Deusmelivre que não contasse com ele como violeiro. Tocava em batizado, enterro, Festa do Divino, São João e Dia de Reis. Tocava em volta da fogueira, quando a peãozada se juntava pra contar

causo. Tocava na varanda do sítio, agora que nunca faltava visita e que Nhá Maruca sempre aparecia com o bule de café passado na hora, pipoca e bolinhos de frigideira.

Deu de ser falado e conhecido na região. Volta e meia lá vinha recado de fazendeiro rico convidando pra tocar em casamento de filha. E foi nessas andanças, cada vez mais bem-vestido e com fama de moço bom, que voltou a se encontrar com o Coronel Oitão.

Inda sem casar Oitolina – que aproveitava a fama do namorado pra escorar o noivado com Pedro Capanga –, o velho fazendeiro começou a se interessar por ter um genro tocador de viola, famoso no vale inteiro.

Por ocasião da venda de uma boiada, como de costume, o coronel armou um festejo pra agradar os peões. Mandou matar boi, fazer comida farta e tratou Zequinha Piriri pra tocar e animar três noites.

Zequinha se engomou todo. Era a hora boa pra cortejar Oitolina de frente, sem os cuidados todos que tinham no tempo em que era ajudante de Totonho na venda...

A festança foi mesmo das boas. Não havia na fazenda uma só alma que quedasse triste! E Oitolina parecia uma flor perfumosa, olho pregado no violeiro mais vistoso da noite.

Só mesmo Pedro Capanga amargava num canto. Sabia que o vento soprava contrário e que o noivado da menina com o rival era questão de dias...

– Com que então, Seu Zequinha Piriri, o senhor *tá* mesmo querendo noivar com a minha filha!

Zequinha e Oitolina se olharam, ele assentado na sala com o Coronel Oitão, e ela espremida no canto da porta, sem coragem de entrar.

Zequinha limpou o suor e fez que sim. Já tinha falado muito, contado de seu trabalho como violeiro, da beleza que andava o sítio, livre de piriri e capim, do dinheiro que *tava* ganhando. Agora o coronel que resolvesse...

Não tinha muito que resolver. Sabedor do gênio da filha, que ia *té* o fim do mundo quando encasquetava com alguma coisa, achou melhor dar logo o consentimento e marcar o casório.

– Que seja, Seu Zequinha. Se é do gosto da menina, pois casem logo duma vez!

Dali a um mês outra festa agitava Deusmelivre. E como era a última filha solteira, o coronel caprichou. A cidade inteira e mais as vilas vizinhas apareceram nas Oitavas pra conferir. *Té* Nhá Cilota veio de Seilaonde, sem esquecer do fuzil – amarradinho na mala, todo enrolado num pano de algodão. Teve *bate-pé* que não *cabava* mais, teve sanfona e viola noite adentro. No terceiro dia, quando os parentes de longe se preparavam pra deixar a hospedagem na fazenda, foi que sucedeu a desgraça.

Zequinha e Oitolina, despachando a *parentaia,* nem *botaram arreparo* no que acontecia. Muito menos o coronel, todo entojado a paparicar os outros coronéis.

É que Pedro Capanga, *azoretado* de ver Oitolina casada com Zequinha, deu jeito de entrar no quarto dos dois e de lá levou embora a viola enluarada...

– Agora é que eu quero ver! – resmungava o desgranhado, enrolando a viola no capote. – Sem esse *trem* do Capeta, Zequinha Piriri não se escora nas pernas...

O moço fez um frege danado quando se viu sem a viola. Foi um procura que procura sem fim, tudo que é cabra *campeando* em cada canto da fazenda. *Té* Coronel Oitão, que não era de se mexer muito, rodou a sede no rastro da viola.

Qual, trabalho perdido! Aproveitando o fim da festa e o escuro da noite, Pedro Capanga já tinha queimado e enterrado a pobre, no alto dum morro, fora das Oitavas...

7

Da tristeza e enfezamento do violeiro

Zequinha levou Oitolina pra morar na casa do sítio, agora toda bonita, sempre no cuidado de Nhá Maruca. Era o que ele mais queria na vida... Mas não podia aproveitar a sorte.

– Credo, Zequinha, que *amolação* é essa?

– Me deixa, Oitolina, que não *tou* bom.

Nhá Maruca vinha consolar Oitolina, preocupada com a sisudez do marido.

– É por causa da viola, *fia*. Ele não se conforma...

– Que se vai fazer, Nhá Maruca? É só mandar buscar outra na cidade! Não custa tanto...

– Violeiro é *ansim* mesmo. Trata viola que nem gente... Daqui a pouco ele esquece e acostuma com outra.

Mas Zequinha não esquecia. Só ele em Deusmelivre sabia o segredo do enluaramento: e o medo de tentar tocar e fazer fiasco? A música, qualquer que fosse o acorde, vinha do encantamento. Onde arrumar outra viola *apreparada* como aquela?! Se pelo menos se provasse que Pedro Capanga era o culpado... Tinha de descobrir onde o excomungado tinha escondido a viola!

Depois de curtir uma semana a falta da dita-cuja, Zequinha teve de sair à noite, pra tratar um serviço na cidade. Ia desanimado, mas ia.

No meio do caminho se apercebeu que era Lua Cheia. Parou no estradão, meio vergonhado de olhar a Lua. Parecia que ela ia ralhar, porque ele não tinha tomado conta direito da enluarada... Foi então que se enfezou e *arresolveu* se aprumar.

– Ara, que *diacho!* Nenhum ladrão safado vai *cabar* comigo *ansim*. Enluarado ou não, sou tocador de viola. E vou tocar de qualquer jeito, ou não me chamo José Barbosinha dos Anjos Austregésilo Antônio!

Só as pedras na estrada ouviram o rapaz. Ele seguiu firme pra cidade, agarrou uma viola rachada que andava jogada num canto da venda de Totonho e tocou.

Juntou gente pra ouvir. Tocou moda lembrada e inventada, ponteou *té* o dia raiar. Era coisa da Lua Cheia? Era encantamento? Zequinha não sabia. Mas tocou *té* sangrar os calos, *té* que o medo de fazer fiasco sumiu...

8

O que é do *home*, bicho não come

Levou carão de Oitolina e de Nhá Maruca, quando apontou no sítio, manhã alta. Mas a alegria era tanta que nem ligou.

– Fica brava não, Oitolina, que só agora sou violeiro de mão cheia! Bem dizia meu pai que o que é do *home*, o bicho não come... E toca a pregar botão naquela camisa nova, que domingo tenho festa pra animar!

José Barbosinha dos Anjos Austregésilo Antônio animou muita festa na vida. Do batizado dos filhos té o casamento dos netos, tirou mais moda das *toeiras* do que qualquer um já fez. E se alguém às vezes dizia, mais pra mexer com ele:

– Ara, Seu Zequinha tem arranjo c'o Capeta!

Ele ria e devolvia:

– O que eu tenho é calo na mão!...

Começava a escurecer. O velho se levantou, queixando de dor na cacunda.

– Gostou do causo, *moleque?*

O menino fez que sim, inda sem desgrudar o olho da viola, que o outro já dependurava na parede.

– Será que essa também é encantada?

Ele não respondeu, ocupado em acender o lampião.

A mulher, cesta de roupa lavada no braço, entrava.

– Vai pra casa, menino, que sua mãe tá lhe chamando. Chega de ficar aí ouvindo puia...

O moleque se foi, correndo e pulando as pedras em roda da casa. Lá fora a noite rondava, quietando o barulho das gentes e deixando ouvir, bem longe, algum violeiro ponteando o fim do dia.

PARTE II

O estranho mas verdadeiro causo dos borzeguins de Toniquinho Bem-Bom

Fazia frio lá fora. A mulher saiu com uma gamela de milho pras galinhas e deu com o velho de cocre *num canto do terreiro, vendo a molecada jogar pião. Enfezou e resmungou:*

– Ôta gente preguiçosa... Carecia era um remédio pra acabar com essa mamparra*!*

O velho espiou o Sol, mal saindo por detrás da serra, e sirriu entre uma tossida e outra:

– Só se fosse a água de louro que Nhô Quim deu pra Toniquinho Bem-Bom...

O mais graúdo dos piás, sabedor da boa prosa do velho, foi se chegando.

– Nhô vai contar esse causo, vai? Foi só dizer "causo" que os outros já vinham de orelha em pé pra ouvir.

– Ara – disse o velho –, quem nunca ouviu falar no maior modorrento *que já houve pras bandas de Capor-baixo? Não nasceu ninguém neste mundo de Deus que tivesse mais preguiça que o Toniquinho Bem-Bom...*

1

Dos três filhos de Antônio do Brejo

A bem da verdade o nome certo era Antônio da Paixão. Mas desde que se teve por gente que o povo de Caporbaixo *costumou* a falar dele como Antônio do Brejo, *mor de que* o sítio - onde plantava mandioca e cará - chegava até o rio e virava mangue puro. Era homem bom de gênio; criou três filhos homens, sempre dizendo que tinha terra bastante pra deixar a cada um.

O mais velho, Tonho, nem bem se fez *de maior,* ganhou cinco alqueires de mato, que logo se meteu a capinar pra plantar café. O do meio, Totó, tinha mais tento pra negociante: assim que via em qualquer chácara laranjeira de boa enxertia, *pedinchava* uma muda e ia plantar num terreninho reservado pelo pai.

Quando Toniquinho chegou na idade em que os dois tinham começado, o pai esperava que ele se animasse a plantar milho: de café e laranja andava cheio, e quase ninguém na região plantava milho bom, tirando Seu Takiro, japonês com sítio já no rumo de Laporcima.

Nessa altura da vida o pai se *apercebeu* de um problema que todo o mundo no povoado tava cansado de saber: ninguém conseguia fazer Toniquinho trabalhar.

– Preguiça chegou ali e parou... – diziam.

Por toda a parte, o irmão de Tonho e Totó era conhecido como Toniquinho Bem-Bom.

Antônio do Brejo não deu trato pra falação do povo. Chamou o filho *de banda* e conversou:

– *Ocê* tem de perder a fama que lhe botaram. Trate de preparar aquele alqueire pra lá do mandiocal, que lhe dou de presente uma saca de sementes de milho pra começar a vida.

O sitiante tinha uma só palavra. Dali por diante, Toniquinho que se mexesse e virasse plantador de milho. Não era tão difícil o *cometimento;* mas, ai! Quem é que fazia o danado pegar na enxada?! Mal-acostumado com o pouco batente, ele queria mais era um balanço de rede...

– Amanhã eu adubo a terra! – dizia.

E *garrava* a pensar no dia em que ia ficar mais rico que Seu Takiro com o milharal, construir uma casinha caiada de frente pro rio, e levar a Nica pra morar lá, toda enfeitada de flor de laranjeira.

A terra, mesmo, ficava sem adubo.

2

Dos resmungos de uma sogra por *mor* do futuro genro

Nica era o ai-jesus de Toniquinho Bem-Bom. O falecido pai, Nhô Gusto de Laporcima, tinha *apalavrado* o casório dela com o terceiro filho de Antônio do Brejo, visto que os dois de pequenos não se largavam. Era coisa certa que, mais dia, menos dia, *saía doce* daquele namorisco todo.

Só que, depois de falecido o *apalavrador* e criada a má fama do noivo, a viúva – Siá Justina – não se *abalançava* a ver a sua Nica entrando na capela de Nossa Senhora das Dores no braço de tamanho *caça-foice*.

Entrava semana, saía semana, e a menina – já formosa de causar rebuliço no povoado – ouvia a mãe *rezingar* sem parar.

– ... e a Docarmo, filha do Zé Tião, ficou noiva do Bentinho. Aquilo sim é que é moço bom: estudou na cidade, vai trabalhar no cartório e ganhar um dinheirão! Se bem que não precisa estudar fora pra se dar bem na vida. O Chico, aquele que foi criado pela comadre Zora, anda colhendo tanto feijão no sítio lá deles, que *tá* lidando pra botar barraca no Mercado Municipal! Outro que vai bem das pernas é o Laurenço do João. Ele...

Nica se enfezava de ouvir sempre a mesma conversa.

– Ara, mãe! Se *ocê* gosta tanto do Laurenço e do Chico, por que não se arranja com eles? Eu é que não vou trocar de namorado.

Siá Justina avermelhava inteira.

– Mais respeito, menina! Se o falecido, lá do paraíso, lhe ouve dizer uma coisa dessas, minha Nossa Senhora das Dores!

E enxugava uma lágrima pelo defunto, esquecida dos namoros da filha.

Mas no dia seguinte recomeçava, feito água mole batendo em pedra dura. Um dia – se a Padroeira ajudasse! – Nica havia de se cansar daquele traste.

– Ele não sai da rede; o pobre do Antônio do Brejo cansou de dar terra e semente pr'ele plantar, e quem disse? Cada vez que a gente passa no estradão pra Caporperto já se vê o estrupício dormindo de fazer gosto na primeira sombra... Isso lá é homem que se preze? Se fosse o Laurenço do João, que desde cedo levava as verduras do pai pra vender na feira...

Nica fazia que não ouvia e suspirava, lembrando os olhos fundos de Toniquinho, o seu jeito carinhoso de pegar na mão, tanta conversa doce que tinham tido desde o começo do namoro.

– Um dia ele há de tomar jeito, mãe.

Siá Justina olhava pra imagem da Padroeira na entrada da casa e se benzia.

– O que falta ali não é jeito, Nica. É vergonha na cara! Que Nossa Senhora me perdoe, mas pr'aquilo melhorar, só com um bom *reio* no lombo...

As duas continuavam no serviço de todo o dia. E fosse plantando, colhendo, lavando ou costurando, no mercado de Caporbaixo ou na estrada de Laporcima, Nica ouvia sem parar a *rezingação* da mãe, pondo abaixo de cachorro o futuro genro.

No sítio de Antônio do Brejo, escorado na cerca do galinheiro, Toniquinho Bem-Bom matutava no preço que ia vender cada saca de espigas – depois que colhesse o milho, que a chuva fizesse crescer o milharal, que brotassem as sementes, que preparasse a terra.

Mas a terrinha pra lá do mandiocal continuava sem adubo.

3

Nhô Quim e os chás-de-sarar-qualquer-coisa

Nos altos de Laporcima morava Nhô Quim, o Joaquim das Almas, velho curandeiro que vivia de vender camomila, erva-doce, cidreira e outras ervas boas para chá; se bem que quase nunca levava dinheiro vivo, mas trocava por farinha, toicinho, feijão ou frango. E haja freguesia!

Toda semana lá vinha ele morro abaixo, a cabeça branca respingando de suor, o embornal cheio de tudo que é folha, raiz e flor-de-curar colhida onde só ele sabia. Era ele passar e chovia chamado de gente.

– Salve, Nhô Quim! Tem aí *carquejo* pra chá? O meu Dito anda outra vez com aquela dor no lombo...

– Ara, Nhô Quim, que é do poejo que ficou de trazer pra minha dor de estômago?

– Ah, não, Nhô Quim! De novo erva-lombrigueira?! Isso é amargo que só o *dianho* toma...

– Me faz o favor de jantar em casa, Nhô Quim? Carece de ensinar um purgante pros *piás*...

E Nhô Quim, mais um de-comer garantido, ia olhar língua de um punhado de moleque e explicar a fervura de alguma raiz boa pra purgar.

Naquela semana, calhou de passar primeiro pela casa de Siá Justina, sua comadre. O cheirinho de torresmo frito na hora escapulia pela porta da cozinha e enfumaçava o quintal.

– *Alicença,* comadre!

Nica largou o torresmo e apareceu, rosto vermelho do calor do fogão.

– É Nhô Quim, mãe! A *bença,* padrinho. Mãe já vem...

Siá Justina era toda euforia.

– Mas que milagre foi esse? Ficou com saudade do meu viradinho de feijão, fale a verdade, compadre!

Nhô Quim, escarranchado num banquinho, aspirava com fome o cheiro bom de comida no ar.

– Ah, comadre Justina, faz tempo que não me apetece um virado. Só mesmo o seu, com aquela farinhazinha que ninguém mais consegue fazer...

Siá Justina já botava outro prato na toalha xadrezinha da mesa.

– Corre lá na farinheira, Nica, pegar a gamela de farinha fina. *Inda* ontem ralei um *aipim* dos bons; parece que *tava divinhando* a visita do compadre...

Almoço no bucho, Nhô Quim digeria o torresmo e trocava prosa com a comadre – sempre se queixando de alguma dor nova.

– E a dor de garganta, compadre!... Tem judiado de mim logo de manhã. Será que tem algum remédio...

– Chá de casca de romã, ara! É um santo remédio pra qualquer *boca-ruim*...

– E pra dor no peito, padrinho? – se enfiava a Nica na conversa. – Tem dia que sinto aqui uma dorzinha funda...

Nhô Quim trocava olhar de riso com a comadre.

– Isso não é de preocupar, *fia*. Coisa de menina bonita, amofinada com o namorado...

Nica nem respondia, toda vermelha. Mas Siá Justina se enfarruscava toda.

– Não me fale nisso, compadre. Nem Nossa Senhora das Dores põe juízo nessa menina! Vive de suspiro *pra mor* daquele *pengó* do Toniquinho Bem-Bom...

– *Num* vai começar, mãe!

– Deus que me perdoe! – continuava a comadre. – O talzinho passa a vida *lavando cachorro sem sabão. Tá* pra haver *sarambé* maior. Se eu fosse o Antônio do Brejo, *garrava* a *guasca* e...

– Deixe disso, Justina – acalmava o outro. – Conheço

Toniquinho e os irmãos desde antes de nascerem. Foi a Balbina, a ama de leite, que *destragou* demais o menino; mas Nosso Senhor é grande, pôs na terra planta pra dar jeito em tudo!

Mãe e filha se achegaram mais no curandeiro.

– Verdade, padrinho? Tem remédio pra *preguiceira?*

– *Virge* Santa! É *possive* isso, compadre?!

– *Vô falá* duma vez só, *ocês* tomem tento na receita. *Premero* tem de esperar a Lua Nova. Quando fizer noite bem escura, daquelas que não se enxerga nem o branco do olho, *ocê campeia té* achar um pé de louro bem viçoso.

– Tem um louro logo ali, no quintal da Bastiana.

– *Tá* bom – continuou o velho. – Aí, carece de cortar sete folhas e sete bagas do louro. Só sete: nada de esperdiçar a planta. Na mesma noite, antes de o galo cantar, bota tudo pra ferver num tacho grande, com água de nascente. Ferve bem pra água diminuir metade. E deixa esfriar...

A mãe torceu o nariz como quem não *creditava.*

– Mas como é que se há de fazer o *supricante* tomar?

– Não carece – explicou Nhô Quim. – Na outra noite, que ainda vai ser Lua Nova, *ocê* vai usar o fervido pra dar banho nas botinas do dito-cujo. É tiro e queda! A *mamparra* do Toniquinho vai sumir feito *sombração* diante da cruz...

De resto a conversa seguiu o rumo dos *causas* de Caporbaixo, de quem morreu, quem casou, quem *moçou.* Mas Nica não ouvia mais nada; calculava quanto faltava pra Lua Nova, só pensando nas sete folhas de louro que ia colher no quintal da vizinha...

4

Do *cometimento* de Nica em noite escura de Lua Nova

A Lua custou a sumir. Nica andava afobada, a toda a hora pregando olho na folhinha pendurada por detrás da imagem da Padroeira. E rezava meio sem querer:

– Ai, minha Nossa Senhora, que essa Lua chegue logo, pr'eu fazer o remédio que padrinho ensinou...

Pois chegou a Lua Nova e Nica se apreparou pro cometimento. Falou nada pra mãe, que a essa altura já não se lembrava da conversa com Nhô Quim. Nem dormiu; assim que percebeu a mãe ferrar no sono, foi saindo de baixo do cobertor e se enrolando num xale grosso, cuidando pra Siá Justina não ouvir.

Abriu a porta da cozinha e sem pensar em nada saiu pra noite.

No meio do quintal foi que *atinou* com a escuridão. Era mesmo escuro de não se poder enxergar o branco do olho! Nica sentiu o tal frio na barriga, e quase correu de volta pra casa, esquecida de tudo... Mas continuou. O quintal de Bastiana era bem ali, grudado no seu – só mais um pouco e chegava lá.

Achou a árvore mais pelo cheiro que por outra coisa. O louro *tava* viçoso, bom pra perfumar o feijão. Nica foi colhendo

as folhas do alto, das novinhas. Na ponta do pé, com medo de rasgar o xale na cerca, pegou as bagas. Uma, duas, três... Quando acabou de colher as sete, suspirou. E toca a voltar!

Correu feito se tivesse cachorro bravo no encalço. Piava coruja, miava gato, e Nica achava que não tinha mais casa, nem mãe, nem nada por perto, tanto o negrume que cobria o mundo. *Té* que deu com a porta da cozinha e pôde respirar. Ufa!

Assossegada, soprou a brasa *inda* viva no fogão. Mais um pouco, o fogo chiava *quentando* a água do tacho. Nica ficou lá, vendo as sete folhas e as sete bagas do louro rodar na dança da água que fervia e refervia... *Cabou* dormindo ali mesmo, com a fumaça d'água subindo e escapulindo no vão por cima da porta...

Dia seguinte *tava* pronto. A mãe viu mas não falou palavra, meio cismada com tudo aquilo. Só à lardinha, vendo que a filha colocava o fervido frio numa moringa velha, quis saber:

– *Ocê* vai mesmo respingar isso na botina daquele *porquera?*

– *Vô,* mãe – disse a filha. – Careço de fazer alguma coisa *pra mor* do Toniquinho melhorar. A casa do sítio não é longe da estrada, e eles sempre deixam botina de fora, pra arejar...

– Pois então *vô* junto. Essa coisa de sair sozinha no meio da noite não é pra menina de família!

E na segunda noite da Lua Nova as duas seguiram, braço dado, no rumo do sítio de Antônio do Brejo. Ver, ninguém viu. Que se visse ia pensar que era alma-penada *carreando* moringa de água benta pro outro mundo...

O Paqueiro não latiu, que conhecia o cheiro da Nica. A menina agradou o cachorro e puxou a mãe pro lado da casa, onde, num degrau de porta, três pares de borzeguins descansavam.

Siá Justina *danou.*

– E agora, Nica, qual será que é a dele?

Nica matutou *um tico.*

–A do Tonho deve ser aquela; tem grão de café grudado na sola. A de cá tem que ser do Totó; *tá* bem gasta, de tanto que ele *carreia* saco de laranja pra vila.

– E esse borzeguim sem barro, sem gasto e sem sinal de *trabaio* só pode ser mesmo daquele...

– Quieta, mãe! É hora...

Passava de meia-noite. Nica destampou a moringa e foi despejando a água de louro de pouco em pouco nos borzeguins. O cachorro espiava, decerto achando estúrdio o jeito das duas... Isso lá era coisa pra se fazer àquela hora?!

Dali a pouco corriam as duas, mãe e filha, pela estrada de Caporbaixo. Não semelhavam mais *sombração* – mais pareciam era cotia acuada, fugindo de caçador...

No degrau da porta da casa, os borzeguins de Toniquinho Bem-Bom curtiam um feitiço estranho, que o escuro da Lua Nova escondia da vista das gentes...

5

Borzeguim enfeitiçado, cavaleiro apressado

Toniquinho era sempre o último a saltar da cama. Já Tonho remexia o café secando no terreiro, já Totó prendia saca de laranja no *picuá* do burro, e ele *inda* farejava café na cozinha.

Naquele dia, só com sol alto – lambiscando um naco de aipim cozido – foi se abancar no degrau e calçar os borzeguins...

Pra quê! A água de louro, entranhada no couro e na sola, quentou no pé do moço. E o calor foi subindo, subindo, chegando no cangote e entrando *cachola* adentro. Foi a conta; Toniquinho Bem-Bom nunca mais ia ser o mesmo. Meio correndo, meio pulando, meio *cambeteando, garrou* da enxada e foi só mato que voou, carpido no alqueire de terra boa pra lá do mandiocal!

A fama não ia sumir dum dia pro outro, que tinha levado tempo pra crescer. Mas com uma semana de lida sem parar na roça, Toniquinho começava a deixar o povo de boca aberta.

– Pois viu o que sucedeu com Toniquinho Bem-Bom? Tá outro!

– Plantou mais milho num dia que o Takira num mês...

– Quem *havera* de dizer... Não saía da rede, o *mumbava!*

– Tenho pra mim que ficou destrambelhado. Aí tem coisa, lhe digo! Esmola quando é demais, o santo desconfia.

Antônio do Brejo, de volta duma viagem até Maispralá, chamou Tonho de banda e perguntou:

– Que bicho mordeu Toniquinho? Desde que cheguei nem vejo o danado, lá metido com os pés de milho...

Tonho abanava a cabeça.

– Quem sabe, pai? De repente se pôs a adubar terra, plantar semente... Totó conversou com ele e não *pescou* nada.

– Vai ver teve vergonha de vadiar, vendo *ocês* dois na lida.

– Nada! Diz que assim que bota os borzeguins não consegue parar de correr daqui pra lá, de lá pra cá... Nem termina de falar co'a gente e lá se vai de carreira, ver se tem passarinho prejudicando o roçado. *Tá azoretado...*

Antônio do Brejo coçou a cabeça.

– Ara se!... Por essa eu não esperava.

Num mês todo mundo no sítio se acostumava com a mudança. Ninguém atinava é que os borzeguins, feito parelha de cavalo xucro, carreavam o cavaleiro pra onde nunca tinha querido ir...

6

Tempo de colheita, tempo de casório

No mais, continuava o mesmo. Depois de o sol baixar se aprumava todo e ia no rumo de Laporcima, *ciscar no terreiro* da Nica.

– Noite, Siá Justina. Que é da Nica?...

A mulher não tirava os olhos dos borzeguins, sem saber se abria ou fechava a boca.

– Já vem, *tá* no quintal destalando a couve pra janta... Ó Nica! Seu Toniquinho *tá* aqui!

Nica nem podia acreditar. Era mesmo aquele o seu namorado, que passava o dia lagarteando na sombra? Bendita água de louro!

Jantavam, o moço com um apetite de fazer inveja. E a conversa era toda no embalo do milharal.

– *Tá* crescendo que dá gosto, Nica! Já tem espiga apontando. Seu Takira andou lá em casa, sondando o que *vô* fazer com a safra... *Tá* querendo comprar pra revender. Mas eu não *sô* bobo, não! Sei quem me paga bom preço, no mercado de Maispralá.

Siá Justina continuava sem abrir ou fechar a boca, se benzendo e olhando de banda os borzeguins.

– Dá licença de levar a Nica pra tomar um ar na vila, Siá Justina?

– A gente volta logo, mãe.

– Vão, vão com Deus, e juízo!

Quando via o parzinho sumindo na estrada, se voltava pra imagem da Padroeira.

– Ah, minha Nossa Senhora! Se o velho compadre Quim não fosse homem temente a Deus, eu achava que aí tinha o dedo do *tinhoso*...

E chegou a colheita do milho. Era espiga que não *cabava* mais, pra contentamento de Antônio do Brejo e descontentamento do Takira – que já não era o único plantador de milho daquelas brenhas. Vendida a safra, separada a semente pra próxima, Toniquinho não parou; lidava agora no erguer um teto em terrinha boa além da cerca, mais um presente do pai.

Num domingo de sol levou a Nica pra ver como ia a coisa. Não era grande, casinha assim pra começar a vida – mas tinha uma cozinha boa, um começo de horta, uma muda de manacá encostando na cerca. E um pé de louro, *inda* pequeno, num canto do quintal.

Nica parou rente ao louro, se benzendo como quem vê saci.

– Que lhe parece a casa, Nica? – veio o moço perguntando. – Mais um mês e a gente pode trazer os *trens* todos...

– É... – disse ela, sem botar atenção. – *Ocê* que sabe...

– Que foi? – quis saber o namorado, vendo que ela não desgrudava o olho da planta.

O jeito foi desconversar.

– Nada não. Vam'bora, que *inda* temos que falar co'padre.

Foi uma festa bonita, o casório dos dois. Veio gente de Caporbaixo e Laporcima, veio conhecido até de Maispralá. E gabaram muito a pamonha (feita com milho do milharal de Toniquinho), o doce em calda (feito com as laranjas de Totó), o cafezinho (feito com o grão de Tonho). Siá Justina *tava* toda bonitona, feliz da vida de casar bem a filha.

Só a Nica às vezes quedava de olho parado, lembrando-se do pé de louro crescendo no fundo do quintal...

7

Da cisma da noiva e do sumiço do noivo

Nica não dormiu nada, em nenhuma das primeiras noites na casa nova. Toniquinho se preocupava: *por mor* de que havia ela de ficar cismando num canto?

Manhã bem cedo, ele ia pro milharal, pra horta ou pra cidade. Ninguém se lembrava mais do tempo em que passava vadiando na sombra dos ingás... A mulher, em casa, fazia força pra não passar por perto do pé de louro.

Uma noite não guentou mais. Fazia sete dias do casório, e a noiva mais parecia viúva, tal a sisudez em que andava.

Assim que Toniquinho voltou do milharal, Nica esperou que tirasse os borzeguins pra começar a falar.

– Toniquinho, *careço* de lhe contar uma coisa.

– Pois conte, uai. Bem que tenho lhe achado meio cismada. Lembrei *té* de pedir algum remédio pra Nhô Quim...

– Nem me fale em Nhô Quim! – soltou ela. – Que foi por causa dele que o estrupício todo começou...

E contou tudo. Da rezingação da mãe com *a mamparra* dele, da conversa com o padrinho, do fervido de folha de louro. Do encantamento nos borzeguins, que fazia largar a preguiça...

Toniquinho abriu a boca e não fechou mais. Era boa, aquela! Feitiço nos borzeguins... Se tinha um assunto na vida de que ele não gostava era assunto de *sombração* e encantamento.

– *Ocê* teve coragem, Nica? Sair na meia-noite de Lua Nova, catando folha pra fazer bruxaria?! Ara se...

– Funcionou, não foi? *Ocê* nunca mais lagarteou por aí. Trabalha sem parar, *mor* da água de louro na botina...

Toniquinho se enfezou. Abriu a porta, *garrou* o par de borzeguins e jogou no mato. Depois olhou enviesado pra mulher.

– *Vô* sair, Nica. Tenho de pensar um pouco sozinho... *Ocê* não me espere, que posso demorar.

Sumiu na noite, descalço, sem chapéu, sem saber pra onde ia. Nica ficou olhando pelo vão da porta, *té* que não ouviu mais o passo do marido no caminho. Lá fora, só grilo chiava; nem vaga-lume cortava o negrume de outra Lua Nova.

8

Só carece de não *garrar* costume!

Três dias ele ficou fora, sabe-se lá por onde. Nica levantava cedo, cuidava das galinhas, tratava a horta, corria no milharal. À noitinha botava lampião na janela, deixava a porta aberta e esperava... Mas nada de Toniquinho voltar.

No terceiro dia, manhã fria que prometia sol, ela ia levando enxada pra capinar um mato que se enfiava lavoura adentro, quando percebeu a terra limpa, e o mato já amontoado num canto.

– Ara! – disse. – Quem *havera* de ter capinado aqui?

Só então viu o marido, remexendo no pé da cerca.

– Toniquinho! Por onde foi que *ocê* andou?...

Ele riu meio sem jeito, levantou e limpou a terra da mão. Nica viu que calçava um par de borzeguins novinho em folha.

– Sei lá, por essas brenhas... fui *té* a vila, comprei botina, conversei com Nhô Quim, em Laporcima. Mas tinha de voltar logo, que a terra precisa de ser adubada.

– Então... *A preguiceira... Ocê* não vai cair na *modorra?*

Toniquinho Bem-Bom riu alto, como fazia tempo não ria.

– Ara, Nica! O tal feitiço da água de louro só funciona na Lua Nova. Pra não cair na modorra, só carece de não *garrar* costume... Agora, toca a esquecer essas histórias de Nhô Quim. Tem trabalho aqui pra mais de dia!

Teve muito milho naquele e nos outros anos. Vinha dia que a preguiça baixava, e Toniquinho matava saudade da rede, dos tempos de Bem-Bom. Mas, ara! Que uma modorra de vez em quando não tira pedaço de ninguém... Só carece é de não *garrar* costume!

O bando de moleques foi saindo de pouco em pouco, depois que o velho parou de falar. Ele ficou sozinho, sempre de cocre *no canto do terreiro. A mulher apareceu na janela.*

– Inda *não cansou de prosa, homem? Largue dessa* mamparra *e venha pra dentro. Tem café com mistura...*

O velho gemeu pra desentrevar as pernas. Bem devagar tomou o rumo da cozinha, cheirando o café passado na hora.

– Ocê *não sabe o que é* mamparra, *minha velha. Teve uma vez que...*

A voz sumiu, com o chiado dos bolinhos de farinha de milho que saíam da frigideira. No quintal o céu escurecia e o vento frio balançava as plantas no canteiro. Rente à cerca, um pé de louro alto e viçoso mergulhava na escuridão da Lua Nova.

PARTE III

O estranho mas verdadeiro *causo* das pescarias de Chico Linhada

O cheirinho do lambari frito inda enchia a cozinha. Enquanto a mulher botava os pratos na tina, o velho lambiscava a rapadura.

– Sobrou canjica de ontem? – perguntou.

A mulher, já saindo com a tina pro terreiro, olhou pra trás com cara enfarruscada.

– Nem pra remédio! Não chega de tanto comer? Depois dessa fritada de piaba...

O velho suspirou e saiu no sol quente, com preguiça de andar. A rua toda dormia a sesta; só a molecada, do outro lado do bambuzal, brincava na água do corguinho, que rabeava.

– Cuidado com a Cobra Grande! – caçoou o velho, sirrindo do susto dos piás.

A mulher, jogando no mato a água da tina, botou a colher torta na conversa:

– Lá vem mentira...Cobra Grande! Ara se...

Mas a criançada já cercava o velho, que tomava assento na sombra dos bambus.

– Mentira, não! Que só conto história acontecida de verdade. Inda se eu fosse o Chico Linhada, um mentiroso juramentado...

– Nhô, conta esse causo, conta!

O velho acomodou a pança cheia pela fritada dos lambaris e deu corda na memória...

– Pelo que me alembro, Chico Linhada foi o maior mentiroso nascido nesse mundo...

1

Dos filhos e dos *pesqueiros* de seu Bié da Granja

Ele não tinha mais que seis anos quando pescou pela primeira vez. O pai, Seu Bié da Granja, era doente *por mor* duma pescaria; mal um filho aprendia a segurar o caniço, já carregava samburá pro pai. E todo sábado, madrugada fria, desde pequeno o Chico seguia Seu Bié no rumo do Raso, o rio que marcava a divisa de Findomundo com Sensaída.

O porquê do nome, ninguém sabia. De raso aquele rio não tinha nada; Chico vivia na beira d'água, ouvindo *causo* de gente caída na *fundura* do Raso e sumida pra sempre. E depois de cada *pesqueiro*, sempre repetia a história pros irmãos – aumentada por muita invenção da sua cabeça.

Cresceu escolado nos dois serviços: pescar e contar mentira. Já moço, conhecido em Findomundo como Chico

Linhada, passava a semana lidando na granja, cuidando da criação e fazendo entrega. Mas era só romper madrugada de sábado... Puxando o gosto do pai, ele sumia pros lados da barranqueira do Raso, onde um ingazeiro escondia o sol. Esse lugarzinho ajeitado *pra mor de* fazer nada era a querência do moço; só voltava de lá tarde da noite, quase domingo, *carreando* caniço, isca e linha de todo o jeito e tamanho.

De começo trazia lambari de montão, mandi-pintado, traíra, *té* bagre. Mas passado o tempo, quem sabe por ter menos água o rio, quem sabe por perder a mão boa de pesca, cada vez menos peixe vinha no samburá.

Os irmãos faziam caçoada.

– Ara, Chico, que é do pescado? Não quis vir?

Chico Linhada nem se abalava.

– Pois não sabe que eu ia pegando um *baita* dum bagre, pra mais de metro?!

– Bagre com mais de metro, Chico! Essa não...

– Tô lhe dizendo! – teimava ele. – Se não fosse a linha, que rebentou... Pode ver aqui: só mesmo um bagre daquele tamanho, com um bigode que mais parecia o Nhô Quim da venda, pra rebentar desse jeito. Foi *ansim:* eu tinha botado isca no anzol...

E *garrava* a contar um *causo* fresquinho pra cada peixe que não pegava...

2

Da fama de contador de *causos* de Chico Linhada

Não havia na vila uma alma que acreditasse nos *causos* do Chico. E ninguém que não pagasse pra ouvir, de tão bem que o danado contava!

O Chico não podia faltar, quando um mutirão juntava a vizinhança *pra mor de* uma colheita ou *destalação.* Noite alta, fogueira acesa, café ou quentão passando, e só se ouvia o dito-cujo no pé do fogo; jurando *de pé junto* que o peixe pesava mais que um alqueire de milho, que boto aparecia no Raso toda Lua Crescente, que uma traíra mágica trazia na boca moeda de ouro dum tesouro afundado pra quem quisesse pegar.

Seu Bié, agora bem velho e menos ocupado da pescaria que da granja, se amofinava com a voz do povo, dando o filho na conta de mentiroso.

– *Ocê* veja só, Ninoca – queixava ele com a mulher –, que fama tem criado o Chico! Agora *té* em dia de serviço ele me larga a granja pra desfiar história de pescaria...

Nhá Ninoca não se animava a difamar o filho.

–Tenha paciência, Bié. O menino puxou *ocê,* que sempre foi de *pesqueiro.*

– Mas carece de contar tanta *puia?* Não há quem não *sirria* das mentiras qu'ele conta...

– Mentira, mentira... Tem tanta coisa estúrdia nesse mundo de Deus! Vai ver é tudo verdade, e *ocê* julgando mal o menino...

Seu Bié *danava.*

– Ara, num *dianta* falar *c'ocê.* Defende aquele *poaia tê* debaixo d'água! Um dia, um dia *inda* dou um jeito no safado...

Saía cuspindo fogo, deixando a mulher apegada lá com os santos.

– Ai, meu São Sebastião, não deixe o Bié implicar com o meu Chiquinho... Um dia ele há de tomar jeito... Pra alguma coisa tem de servir essa mania de inventar *causo!*

Se São Sebastião era santo protetor dos mentirosos ou se ouviu as rezas de Nhá Ninoca, não se sabe; mas foi logo depois disso que Chico Linhada descobriu uma boa serventia pr' quela sua coleção de *puias.*

Como sempre, sábado muito cedo ele saiu de casa. Arranjou a *matula* pra quando a fome batesse – um resto de *paçoca,* uma broa de milho que a mãe sempre lhe reservava pra essas ocasiões, umas goiabas. E lá se foi com todos os *trens:* anzol, linhada e varas, de tempo em tempo parando no caminho pra catar alguma isca.

Quem visse o Chico passando, rumo do Raso, não olhava segunda vez. Podia *té* resmungar "Lá vai aquele *nham-pam* cair de modorra na beira do rio...", e ficava esperando os *causos* que devia ouvir no domingo.

Não se podia saber que daquela vez o sábado do Chico não ia ser igual aos outros...

3

A pescaria que começou bem e terminou mal

O sol inda não *quentava,* quando ele se ajeitou *na querência,* entre uma pedra boa de sentar e a raiz do ingazeiro, boa de encostar. Deixou a *matula* de jeito, isca na mão, caniço pronto. Só com samburá não buliu – que, pra falar a verdade, fazia mais de ano que peixe nenhum entrava lá.

O céu, azul de doer, calmava o corpo e a alma, dava vontade de fechar olho e ficar só matutando, apreciando a vida *assossegada* que se podia levar em Findomundo.

– Eh, vida boa!... – soltou Chico Linhada, pronto pra um dia inteiro de *mamparra* na sombra, sem galinha pra cuidar nem freguês pra contentar.

Se dormiu, não se sabe. Deve ter passado um bom tempo desde que jogou a primeira isca n'água, porque o sol já ia alto na hora que a linha *pinicou.*

– *Virge* Santa! – berrou o moço, sentindo um puxão tão forte que quase lhe arranca a vara da mão.

Ergueu o corpo meio *cambeteando,* tonteado *pela modorra.* Era sonho não! A linha sumia em meio do rio, puxada com toda a força, quase vergando o caniço. Era peixe fisgado, e dos grandes!

– Deixe estar que já lhe pego, *tinhoso!*

Devia estar destreinado o Chico, de tanto tempo que peixe de verdade não mordia sua isca. Lidou muito puxando a linha, foi entrando dentro d'água e *tava* pela cintura na hora que viu o pescado.

Era um bagre ou parente dele. Se *apercebia* pelo bigode e pelo porte; se bem que era o maior bagre já aparecido naquele rio – afora os inventados.

Puxa que puxa, enrola que enrola, o bicho não *guentou* o braço e logo *rabeava* na mão do pescador, orgulhoso do *cometimento.*

Rançou o anzol com jeito; o *diacho* do peixe era tão gordo que quase nem tinha machucado o beiço!

– Ah, *dessa feita* o povo de Findomundo vai saber quem é Chico Linhada! Um peixão desses, e quero ver quem vai me chamar de mentiroso...

Então ouviu o peixe falar.

– Me *adisculpe,* seu moço, mas será que não podia me botar de volta no rio?

Chico *tava* tão entojado com o *pesqueiro* bom, que nem estranhou o sucedido.

– Era o que faltava! – respondeu. –*Adispois* do trabalho que deu pra lhe tirar d'água?

O bagre insistiu, *inda* bem vivo, mexendo o olhão pro lado do Chico.

– Tome tento, moço, que não *tou* brincando não. Me bote outra vez no rio antes que seja tarde!

Mas o outro já largava a linha e tateava atrás do cesto.

– Um bagre desses nem cabe inteiro no *samburá!* Vai dar almoço pra rua inteira...

Mais uma vez o peixe, quase sem fôlego, insistiu:

– Ouça bem, seu moço, pra não se arrepender: eu fui escolhido hoje pra ser a janta da Mãe-D'água; é coisa que só *contece* quando muda a Lua. Se eu não chegar lá no fundo antes do meio-dia, vai ter *banzé*...

Só então o pescador se inteirou do que *tava* acontecendo.

– Ara, que o sol forte me deixou o miolo mole. Desde quando peixe fala? Desde quando tem Mãe-D'água nesse rio? Devo de estar *azoretado*...

Sentou outra vez na pedra, segurou bem o peixe com as duas mãos e molhou n'água do rio. O bagre meio que reviveu, virou de novo o olhão pr'ele.

– Será *possive* que peixe agora fala? – resmungou o Chico.

E não teve mais como duvidar. Vivo ainda, o bagre falou:

– Se *ocê* fala, por que eu não *havera* de falar? Agora deixe de conversa e me bote no rio, moço. O sol já *tá* a pino e a Mãe-D'água vai querer jantar...

– Devolver peixe que fala pro rio? De *jeito maneira!* É hoje que todo mundo vai acreditar nos meus *causos*... *Ocê* não pode comigo, peixe. *Sô* forte pra *guentar ocê* e mais dez!

O bagre, de novo perdendo o fôlego, ia perto de morrer de vez. Mas *inda* pôde ver que a água do rio mexia diferente, como se um *remoinho* resolvesse aparecer de repente.

– Faz mal não. Eles *tão* chegando...

Falou tão baixinho que Chico nem ouviu. Mas se *apercebeu* da água *remoinhando* no sentido errado, e arregalou olho com o que viu. Do meio do rio saía gente. Gente esquisita, mas gente de carne e osso!

Era o povo d'água, da raça dos ipupiaras. Meio homem, meio peixe, cada um deles dava dois do Chico – que não era lá muito *alentado*. Faziam ruído estúrdio, feito grito de boto, que espalhava no ar e entrava nos ouvidos deixando o indivíduo zonzo. Mas um deles falou como gente, chegando bem perto do pescador.

– Venha! – disse, com voz de mando.

Chico teve de obedecer. O som dos ipupiaras arrastava o pobre, todo apalermado, pro rio. Sentiu feito se a *modorra* voltasse, fazendo dormir sem querer; e mergulhou n'água, empurrado, vendo o bagre nadando à frente, indo pro fundo escuro do rio...

Só deu tempo de lembrar de todo findemundense que tinha morrido afogado no Raso... Chico achou que ia ser mais um deles.

4

Preso pelo povo do fundo do rio

Acordou com a cabeça doendo, o peito cansado de tanto prender a respiração. Parecia que *tava* vendo tudo de novo, a água de todo lado, cardume de peixe se enroscando em volta, dois olhos de fogo brilhando no fundo dum caminho escuro.

– A Cobra Grande! – gritou, abrindo os olhos, na certeza de ter sonhado.

Que sonho! Só se fosse pesadelo. Ele *tava* fechado numa gaiola de pedra colorida e brilhante, feito coral. Tinha ali ar bastante pra respirar, se bem que com cheiro de peixe. Nem sinal de céu – era tudo fechado, mas claro *que-nem* dia. Olhou pra cima: era pedra fosforescente, feito olho de *Boitatá,* que *alumiava* tudo.

Levantou-se do chão, sentindo a roupa molhada e dor no peito.

– Que *diacho conteceu? – rezingou* – Será *possive* que o tal homem do rio me prendeu aqui?!

Nessa hora viu outro daqueles ipupiaras, *de cocre,* nas pedras bem atrás dele. Decerto um vigia, olhava pra Chico como quem vê peixe em aquário... Então abriu a boca pra falar, mas só saiu aquele ruído de boto, ardido, espalhando-se no ar.

Logo aquietou, olhando pra gaiola de pedra como quem espera.

"Vem mais por aí...", pensou o moço.

E vinha. Vinha luz que não era de fogo nem de querosene, mas encheu todo o lugar, mais forte que lampião. Vinha tudo que é bicho de água doce: peixe, cobra-d'água, caranguejinho, e mais o povo do rio. Foram se achegando, sentando uns dentro, outros fora d'água; o rio vinha com eles, cercando a gaiola.

A luz aumentou de repente, e lá do fundo surgiu outra vez o brilho dos olhos de cobra do pesadelo de Chico. E veio cada vez mais perto, enorme, quase cegando de tanta luz... Nenhum barulho se ouviu, *té* que ela saiu inteira d'água e tomou assento na pedra mais colorida de todas.

Quando Chico tomou coragem pra olhar, não era mais a Cobra Grande: era mulher, do feitio dos ipupiaras, mas muito mais bonita e com olho *malino*.

Era a Mãe-D'água, a dona do rio.

Chico ficou apalermado, tanta foi *a caguira*. Viu que o ipupiara *alentado,* aquele que lhe tinha trazido, proseava todo *lambedor* com a patroa. Falavam naquela voz de boto, que já não doía tanto: ouvido de Chico já *tava garrando costume...*

Passou tempo, co'ele sentado ali na pedra dura. Se era dia ou noite, não dava pra saber; a luz aumentava ou rareava conforme entrava ou saía do lugar algum peixe brilhante.

A água chegava mais.

"Se continuar subindo, *vô* me afogar no meio da peixarada!", pensou o moço, com um calafrio.

Viu que a Mãe-D'água punha o olho nele, cara de fome. E ouviu a voz dela.

– *Ocê* me conhece, moço? – falava alto, feito gente.

– É... Nhá não... – foi só o que saiu da garganta seca do Chico.

Ela riu, com dentes grandes.

– Pois vai conhecer! Em qualquer freguesia onde exis-

tir rio, todo mundo conhece Cobra Grande, a Mãe-D'água! Agora botem a janta, que tenho fome.

Veio um bando de moças do rio, ipupiaras com cara mais de peixe que de gente. Traziam uma concha grande, que Chico não conhecia, cheia de alguma coisa mole.

"O bagre...", matutou lá consigo o Chico.

Mas não era bagre não. Era um tipo de planta de fundo de rio, mole e colorida. A Mãe-D'água comeu, depois os ipupiaras, depois as cobras, os peixes e os caranguejinhos. Depois de comer foram saindo, buscando o rio e mergulhando *té* sumir.

Só restou o povo parecido com gente. Na gaiola dura, o Chico tremia de frio. A roupa não secava...

Com um gesto da Mãe-D' água, a luz aumentou mais. O ipupiara grandão veio e puxou a pedra que fechava a gaiola... Chico se viu livre, puxado pra fora.

– Venha! – disse o homem do rio, empurrando o pobre *té* que ficou em frente da Cobra Grande.

Era a primeira vez na vida que Chico Linhada não tinha coragem de abrir a boca. Ela fez brilhar os olhos de cobra, arreganhou os dentes e *sirriu*.

– Agora se explique, moço. Quem foi que lhe deu o direito de pescar minha janta?

5

Do encontro com a Mãe-D'água, a Cobra Grande

Que se vai dizer numa hora dessas? Chico nem parecia o mesmo falador de Findemundo. Abriu boca, fechou... E nada. O ipupiara aproveitou pra piorar a coisa.

– O bagre bem que pediu, avisou que tinha de voltar pro rio. Mas o moço aqui jurava que *guentava* com ele e mais dez...

A Cobra Grande riu.

– Mais dez! Essa gente da terra pensa que é grande coisa. Por que não fala, moço? Traíra comeu sua língua?

Chico tratou de arrumar coragem pra falar:

– Nhá Mãe-D'água me *adisculpe,* mas como eu *havera* de saber que era verdade? Pesco desde *piá* e nunca vi peixe falar!

– Também nunca viu a Cobra Grande, e agora *tá* vendo! – ela falou com voz *braba.* – *Ocê* foi avisado que ele era meu: era a primeira janta da Lua Crescente! E foi *destragada por mor dum porquera* desses!

Chico danou. Não *tava costumado* com mulher mandando nele – nem a mãe, quanto mais a Cobra Grande! Quis falar grosso.

– Acho de bom conselho *ocês* me soltarem. Tenho de voltar pra Findomundo, senão vão achar que me afoguei!

Três dos ipupiaras se achegaram. A Mãe-D'água fez crescer os olhos de fogo, amolada com o atrevimento dele.

– Homem nenhum dá conselho pra Cobra Grande! – gritou, meio voz de gente, meio voz de peixe. – *Ocê* não vai voltar mais. Agora pertence à Mãe-D'água, que nem todo ente do rio!

Chico se encolheu todo. Ela aumentava de tamanho, os olhos viravam duas fogueiras, o corpo sumia n'água outra vez, feito cobra enorme... Ele fechou olho e se *apreparou* pra morrer.

Mas não morreu. Acordou mais tarde, *inda* preso na gaiola de pedra. Não tinha nenhum ipupiara por perto; só se via peixe de todo tamanho, nadando em volta e olhando pr'ele com olho triste.

6

Um jeito de escapar duma sina ingrata

Muito tempo passou, e Chico Linhada não conseguia saber se era dia ou noite. Os ipupiaras não tinham voltado, e ele achou que iam lhe deixar ali, morrendo de fome.

– Como vai, seu moço?

Levantou-se das pedras, procurando por quem tinha lhe falado. Em volta, só os peixes de sempre passando n'água do rio. Um deles botava a cabeça fora d'água com bigode e tudo; era o Bagre.

– Ara, Seu Bagre, pensei que tinha sido jantado.

O Bagre nadou um pouco e mexeu o beiço como quem *sirri*.

– Dessa eu escapei! Quando os ipupiaras lhe pegaram, não deu mais tempo: tinham *apreparado* outra janta pra Mãe--D'água.

Chico atinou com um toque de boa vontade na fala do peixe.

– Olhe, será que não me ajudava a sair daqui? Nem sei o que vai ser de mim, *na mão* da Cobra Grande...

O peixe balançou as nadadeiras, esperando que um cardume de lambaris passasse, pra responder.

– Tem jeito não, pescador! *Ocê* vai ser a janta deles *ansim* que a fome bater. É a sina de quem cai por aqui...

Não era a sina que Chico Linhada esperava da vida, lá isso não era mesmo. Mas como fugir daquele fundo de rio?! O Bagre *inda* falou, com mais simpatia.

– Apesar da machucadura do anzol, fiquei lhe devendo favor... Só por isso vou lhe contar uma coisa.

– Que coisa? – pra Chico, naquela hora qualquer ideia ajudava. – Um jeito de escapar dos ipupiaras?

– Não – disse o outro –, uma coisa que *contece* toda vez que a Mãe-D'água pernoita aqui. Ela fica de prosa com o povo do rio *té* de manhã. E se tem uma coisa com que se regala, é ouvir *causo*.

– *Causo?* – Chico *tava* começando a atinar com a ideia do peixe. – *Causo* de contar pra passar tempo, desses eu sei mais de mil...

– Pois tente contar um par deles pra Mãe-D'água. Se conseguir agradar a dona... Quem sabe *ocê* não vire janta!

O Bagre mergulhou de vez, sumindo na água do rio. Chico se ajeitou no fundo da gaiola, como podia, matutando lá consigo a conversa com o peixe...

Reparou que a noite chegava, pelo brilho da água; era mais escura, e a peixarada voltava a aparecer. As cobras e caranguejos também voltavam, procurando lugar bom fora d'água.

"É hora!", pensou o Chico.

Era mesmo. Lá vinha a Cobra Grande, os olhos de fogo acesos, cercada de ipupiaras e peixes de toda sorte; como da outra vez, se assentou na pedra colorida com o grandão todo *lambedor* do lado.

Proseavam naquela língua de boto, olhando pr'ele de vez em quando. As mulheres do rio vinham perto, beliscar a roupa e puxar seus cabelos, curiosas. O pobre ficou mais *azucrinado* que já *tava:* elas levavam a concha grande da outra janta, vazia, pra frente da Mãe-D'água. Aquilo só podia querer dizer uma coisa...

– Ai, meu São Sebastião... Eu, o filho do Seu Bié da Granja, assado num prato feito frango caipira! Isso lá é sina pr'um cristão?!

Se *arresolveu* a seguir a ideia do peixe, desse no que desse. *Ansim* que se *apercebeu* duma parada na prosa do povo do rio, falou alto pra todo o mundo ouvir:

– Nhá Dona Mãe-D'água, com sua licença!

O silêncio tomou conta do fundo do rio, e só a voz da Cobra Grande se ouviu.

– Que foi?

– Eu *tava* cá *me alembrando* de um *causo* que costumava contar pros meus irmãos, lá em Findomundo... Será que a Nhá Dona Mãe-D'água não ia também gostar de *escuitar?*

Os ipupiaras não gostaram, que já contavam com ele pra janta. Mas o Bagre tinha razão: a Mãe-D'água não enjeitava uma boa história.

– Traga o moço cá.

Dali a pouco ele dobrava o joelho no pé da pedra, pedindo pra tudo que é santo que a Dona do Rio se regalasse com as mentiras que ia contar...

7

Sete noites dum *causo* sem fim

Era bom de prosa, o Chico. *Garrou* num *causo* de *sombração,* dos que arrepiavam cabelo *de piá* na vila. Tocou pra frente, inventando o mais que podia pra encompridar. A Cobra Grande ouvia, quieta... E o contador emendando uma história noutra, com medo de terminar!

Os peixes foram e voltaram; ipupiaras entraram e saíram;

só mesmo a Mãe-D'água e o Chico ficavam ali, na pedra, ele falando, ela ouvindo. E uma noite, e duas, e três... A concha grande veio seis vezes cheia de peixe, quase tudo *lampreia,* e de planta. A cada janta o Chico aliviava... Que não era ele o de-comer!

O pobre falou sete dias, só parando pr'um descanso quando a Dona do Rio dormia. Mas era só ela acordar que ele tocava o *causo* adiante, já com outro no *apreparo* pra amarrar...

Na sétima noite não sabia o que inventar. Tinha contado tudo, de lobisomem *té* vida beata de santo. Que mais podia contar?! Foi então que ela interrompeu.

– É hora de ir embora: já é Lua Cheia!

Chico parou, desavisado. Será que agora era o seu fim?

Botou arreparo que nenhum peixe, nem ipupiara, aparecia. A Cobra Grande *garrou* a crescer, crescer... Com aquele olhão de fogo que queimava, foi entrando dentro d'água e sumindo.

– Volte pra sua terra, moço; passou meu tempo de ficar aqui. Na Lua Cheia tenho de seguir adiante, pra outros rios. Vá, mas se eu lhe pegar por perto noutra Lua Crescente...

Primeiro foi o corpo, depois os olhos, por último a voz. A Mãe-D' água, feito cobra de fogo, tinha sumido de vez na água do rio... Chico Linhada não pensou muito, não. *Ansim* que ela se foi, mergulhou também e nadou, respiração presa, procurando subir pra superfície...

8

Mentiroso que se preza não conta verdade!

Segurou com força a raiz do ingazeiro, como quem não *credita* que tem pé em terra firme. Deitou na pedra chata, sua *querência* de longo tempo, e ficou lá só olhando de lado *o samburá*... A roupa secou no corpo, e Chico Linhada se *alevantou* da beira do Raso. Pegou caniço e linha. Ajeitou o chapéu e *botou pé na estrada* pra Findemundo, pensando na preocupação da *famia,* com ele sumido uma semana.

Qual! Que preocupação que nada. Não tinha passado semana nenhuma; era o mesmo sábado de tarde, com a mãe e as irmãs em casa debulhando milho, o pai e os irmãos ouvindo moda de viola no terreiro do vizinho. E a mesma conversa de toda volta.

– Ara, Chico, que é do pescado? A Mãe-D'água pegou?...

Era a *deixa* pra começar. Chico se *alembrou* do Bagre falante, dos ipupiaras, do olho de fogo da Cobra Grande. E abanou a cabeça. *Tavam* tão *costumados* de ouvir mentira, que não iam *creditar* numa verdade...

– Deu pra pescar não. Peguei num sono ferrado que não vi rasto de peixe...

Foi seguindo pra casa. E por um mês não abriu a boca pra contar *causo* de pescaria! *Safa!...*

O sol descia, esfriando o ar. O corguinho *cantava mais baixo, como se aquietando pra dormir. O velho olhou em torno; só um moleque restava escuitando, sentado no barranco e jogando pedrinha n'água.*

– Nhô acha que Cobra Grande chega aqui no corgo*? – perguntou.*

O velho fez que não ouviu, arreparando *no canto d'água rolando nas pedras. Então respondeu:*

– Chega não. Cobra Grande só dá em rio muito fundo...

Ficaram os dois vendo a água brilhar, té *que foi noite fechada. A mulher saiu na porta da cozinha, chamando:*

– Ó home*! Sai da friage! Tem caldo quente pra ceia...*

O moleque correu pelo terreiro e o velho entrou pro calor da casa, enquanto a água do corguinho *seguia pra desaguar no rio, desmanchando o crescente que a Lua refletia. De longe, podia-se ver dois olhos de fogo brilhando no fundo d'água.*

Glossário

Abalançar-se - arriscar-se, dispor-se.
Aboletar - instalar.
Alentado - valente, esforçado.
Amolação - aborrecimento.
Aparelhar - desbastar, aplainar madeira.
Azoretado - atordoado, amalucado.
Azucrinado - nervoso, atordoado.

Bate-pé - dança.
Boitatá - Cobra de Fogo.
Botar a colher torta - intrometer-se.

Cabra - indivíduo.
Caça-foice - vagabundo, homem inútil.
Cacunda - costas.
Caguira - medo.
Campear - procurar.
Carapina - carpinteiro.
Cometimento - tentativa; façanha.
Corgo - riacho.

De cocre - de cócoras, abaixando-se.
Desavisado - imprudente; que não dá fé.
Desgranhado - desgraçado, maldito.

Enfezamento - aborrecimento.
Esgravatar - esgaravatar, remexer.

Garrando caminho - tomando a estrada.
Guasca - correia, açoite.

Jeribita - aguardente.

Lambedor - adulador.
Lavando cachorro sem sabão - vadiando, fazendo nada.

Mamparra - preguiça.
Matula - farnel, lanche.
Moçar - tornar-se moça.
Mor (de que) - por amor de, por causa de.
Mumbava - agregado, parasita.

Nham-pam - bobo, palerma.

Paçoca - carne, ou amendoim, socada com farinha.
Pengó - tolo.
Perna-mole - fraco, medroso.
Pesqueiros - pescarias.
Piá - criança pequena.
Piaba - lambari.
Picuá - cesto, balaio, saco de lona ou algodão.
Piriri - arbusto muito comum no Brasil.
Poaia - indivíduo aborrecido.

Poiá - fogão rústico.
Por mor de - por amor de, por causa de.
Puia - pulha, mentira.

Reio - relho, chicote de couro torcido.

Saía doce - acontecia uma festa de casamento.
Sarambé - bobo, idiota.
Sirrir - rir.

Toeiras - cordas da viola.
Trem - qualquer objeto.

Vade retro - para trás.

Este livro foi composto em Avenir e Rotis Serif e
impresso em papel Offset 90g/m^2.